人生一遍

松尾 敏行
MATSUO Toshiyuki

文芸社

目次

人生一遍

はじめに〜遠い記憶

私は、令和三年一月二日で満七十三歳を迎えることができた。

この年齢にして思うことは、長いようで短いのが人生だ、ということだ。過ぎ去った過去は長く、残された人生は短いと思う。ゆえに残された時間を大事に生きていこう。

妻と共に生きた人生は五十年（金婚式）、共に生きてこられたことに感謝する（昭和四十五年十一月二十二日に挙式）。

これから先の道のりも、お互い健康に留意して過ごしたい。悔いを残さない人生でありたいと願っている。

過去があるから現在がある。

過ぎ去った遠い昔の光景が頭をよぎる。

人生というレールの上を走る列車。

この走ってきた過去を思い浮かべる。

過去の遠い記憶が甦る。

人生の節目として自分自身の歩みをまとめてみた。
誰に残すでもなく、自分の生きた証。
幼かった頃の記憶も。
思い出すと辛かったことも楽しい思い出となって甦ってくる。
私の存在は両親なくしては語れない。
父、母、兄弟たちと過ごした幼き頃の懐かしい時代、そして自立の人生。

両親のこと

父、朝一《あさいち》は福岡県三池郡大牟田町大字稲荷において松尾重太郎《まつおじゅうたろう》、母マツノの三男として明治三十四年二月二十八日に生まれた。後に大牟田市八尻町二丁目に分家する。

先祖は三池藩の士族で、稲荷村の広大な土地を持ち、最寄り駅まで松尾家の敷地であったと聞かされた。

高祖父の父、松尾重右衛門、高祖父、善右衛門、曾祖父、伝四郎、そして祖父、重太郎と続く家系である。

現在はM化学の本社と工場がある場所付近に家屋敷があったと思われる。一度は訪ねたい父の生まれ故郷だ。

母シンは、大正四年十一月十日、神奈川県中郡金目村広川で、野口延十郎《のぐちのぶじゅうろう》、さくの二女として生まれた。満一歳の時に神奈川県中郡大根村矢名に住む縁戚関係の野口リエのところに養女に出された。野口リエの父倉吉《そうきち》は延十郎の弟に当たる。

リエは明治三十八年十月十六日、父倉吉の死亡により家督を相続した。この時、リエはまだ二歳だったため、叔父の延十郎がリエの後見人となった。延十郎は残された姪のリエが不憫と思って、リエの十二歳年下の我が子シンを養女に出したのだった。

幼いシンは、自分が養女であることを知ってからは広川の生家に帰りたいと思うようになった。そして父母が恋しい気持ちはつのるばかり。矢名から遠い広川の山のふもとまで来ては、何度も泣きながら矢名に帰っていった。

ある日、延十郎がシンの様子を見に行ったところ、痩せ細ったシンが暗い部屋で寝かされていた。肺炎を起こしていた。その哀れな姿に父延十郎はあわてた。医者にも見せられず、うずくまっていたシンの姿を見て、こんなところに預けていたら死んでしまうといって、すぐにシンを背負って広川に連れ帰った（後年に母が語った）。

その後、母シンは広川の生家で姉の春、妹のキヨと共に金目尋常高等小学校に通う。「二歳年上の姉をよく泣かせた」と言っていた。三姉妹の中で一番、勝気な性格であった。読書が大好きで、全校生徒の集まる朝礼台に上がり、何度も代表で教育勅語を読み上げた。

そして昭和三年三月、母は金目尋常高等小学校を、無事卒業する（十五歳）。

母は昭和六年一月、十七歳で再び野口リエを介して辻キクの養女に出される（東京市深川区西平井町）。

飯屋を営む辻キクには子供がいなかったため、縁戚関係に当たる野口リエの口利きで養女となった。二度にわたる養女縁組は、母にとってどれほど辛かったことか想像がつかない。

父は葛飾郡砂町にある兄軍一《ぐんいち》の工場で働いて、鍛冶屋の仕事を身に着けていった。その頃、父が住んでいた近所の飯屋に何度か食べに行くうちに、店の手伝いをしている母の姿が知的で気文な娘として映った。父は母にだんだん惹かれていった。

ある日、母が女学校を出ていることを知った父は、自分は尋常小学校しか出ていない負い目があったが、母に所帯を持ちたい気持ちを伝えた。

母は迷うことなく受け入れた。そして本所平川橋で所帯を持つことになった。

母が十九歳の昭和九年に長男の勇《いさむ》が生まれた。

長女延子《のぶこ》も本所平川橋で昭和十一年に生まれたが、届出は名古屋市熱田である。

二男武志《たけし》は昭和十三年に、三男周二《しゅうじ》は昭和十六年に、福岡県直方市で生まれた。そして四男健二《けんじ》は昭和十八年に東京都葛飾区で生まれた。

父の転職で、母がどれだけ翻弄された人生を送ったのだろうか。

父は自由奔放な性格であった。父の足跡を辿ると東京、名古屋、福岡、そして東京と転々と職場を変えている。移転するたびに住所を母に電報で伝え、母は子供を連れてその電報先の住所を訪ねたという。母の心細い情景が目に浮かぶ。

どんなことがあっても子供のために！　と思っていただろう。

二度も養女に出された身の上ゆえに、子供に対する愛情の強さを感じる。

戦中から戦後

昭和十七年頃、家族は再び葛飾区に戻り、父は兄の工場で働くことになる。昭和十九年の東京大空襲で工場は甚大な被害を受けた。再開には時間がかかったと思われる。

そして昭和十九年に疎開先として、母の実家である平塚市広川を頼って家族は身を寄せることになった。

終戦一カ月前の昭和二十年七月の出来事である。食べ物のないこの時代、三男周二が落ちていた青い梅を食べて疫痢にかかり、満五歳で亡くなった。わが子を亡くした父の悲しみは計り知れない。後に母は思い出話の中で、周二は赤ん坊の頃、いつも父親の懐の中にいるような子だったと言っていた。

そして昭和二十年八月十五日、終戦を迎える。その数カ月後、家族六人はお世話になった広川の母の実家を後にする。

昭和二十年十月頃には新天地を求め、疎開先の平塚から着の身着のままの状態で川崎市大師西町にたどり着いた。この地が松尾家の戦後のスタート地点となった場所。三歳前後の私の記憶では、大師西町は戦災の影響でバラック住まいの人も多かった。その溝川沿いの一角が私たち一家の仮の住まいだった。

新天地、西町で転籍前に二女の道子《みちこ》が栄養失調で昭和二十一年七月に満一歳で亡くなった。終戦間もない、食べ物が不足していた時代である。

私、敏行《としゆき》は昭和二十三年一月に五男として生まれ、ここが私の原点となる。

そして、三女妙子《たえこ》は昭和二十五年五月に生まれた。

昭和二十六年頃にアメリカ進駐軍の兵隊が慰問で西町にやって来た。溝川沿いにジープを横付けして、荷台からアメリカ人の着た古着を出して、近所の人たちに配っていた。母も私を連れて、兵隊さんが配る列に並んで、子供用の半コートをもらってくれた。その時もらった半コートを着て撮った一枚の写真が残っている。

この進駐軍の慰問の日に、ラジオ局の人が来て、母はインタビューされたと話してくれた。母三十六歳、モンペ姿だったと思う。

近所では軍刀をマキ割りの道具として使う人もいた。そして溝川に落下した不発弾を赤い旗を立て処理する様子が見られた。終戦の痛手が色濃く残る昭和二十六年頃の光景だ。

父と行ったガード下の屋台は、カーバイドの明かりが照らす薄暗い店だった。父の横顔は痩せぎすで坊主頭。濁酒《どぶろく》をグイッと飲む。煮込みのジャガイモを食べさせてくれた。あの味は今でも忘れない。薄暗い明かりを灯すカーバイドは独特の臭い。今は懐かしい思い出だ。


長兄の勇に連れられて大師駅付近のパチンコ屋に行き、景品で森永ミルクキャラメルを一箱もらった。

このキャラメルの味も鮮明に覚えている。この年になっても大好きなエンゼルマークのついたミルクキャラメル！


昭和二十六年頃には大師に大師会館という映画館があった。

人気の映画は『鞍馬天狗』。立ち見が当たり前で、大勢の観客に混じり、父の肩車で見た。鞍馬天狗が杉作を白馬の後ろに乗せ走る姿に、観客は拍手喝采をした。鞍馬天狗は嵐寛寿郎、杉作は子役の松島トモ子。クライマックスの場面でフィルムが切れて、観客が文句を言うことがあった。映画の休憩時間には、「お煎にキャラメル」と売り子さんが回っていた。

音楽は「上海帰りのリル」が流れていた。

そして芝居小屋もあった。三度笠をかぶる旅人の姿をかすかに覚えている。後に次兄の武志から梅沢五郎一座と聞かされた。

貧しかった幼少期

父は大師西町に住んでから多摩川沿いの川崎塩田の工場で働き始めた。上半身裸で、積み上げられた塩の山をトロッコに乗せる作業だった。真っ黒に日焼けした頑丈な体であった。私はこの塩の山が砂糖であったらなーと思った。

職場近くには昭和三年頃に建てられた川崎河港水門があって、その大きな水門の高台には川崎の名産品の梨、桃、ブドウをモチーフにした巨大な彫刻が飾られていた。子供心に異様に感じ、このモチーフがライオンの顔に見えて怖かった。

昭和二十七年頃、川崎市営住宅の入居抽選があった。その抽選に当たり、川崎市四谷下町の住宅に入居することができた。

西町から四谷まで約八キロの距離をリヤカーに家財道具を載せ、幼い妹妙子と私が一緒に乗って引っ越しをした。やっと入れた一戸建て。その時の母の喜ぶ姿が今でも目に浮かぶ。

六畳一間、四畳半一間と台所、便所、庭付きの快適な市営住宅。そして家族水入らずの八人の生活が始まった。

庭の前には大きな広場があり、近くに川崎炭鉱の工場が見えた。丸い高い煙突から白い煙が流れていた。毎日聞こえるガシャンガシャンという大きな音。昼時になると大きなサイレンが鳴り響いた。時計代わりだ。

四谷小学校は自宅の庭から見える距離。子供たちの遊ぶ声が毎日聞こえる。活気溢れる四谷下町だった。

そしてまた、家族が増えた。三女の静子《しずこ》が昭和二十七年七月、四女孝子《たかこ》が昭和二十九年八月、六男茂《しげる》が昭和三十一年九月に生まれた。

四谷に引っ越して間もない頃、世の中は不景気で、父は日雇いの「にこよん」をしていた。日給二百五十四円のため、そう呼ばれていた。

産業道路沿いにある日雇い斡旋事務所の行列の中に父がいた。今日は仕事がもらえたとホッとした横顔。

酒癖が悪い父を子供心に怖いと思った。九州から持ってきた木刀を、「棚にあるから出せ」と暴言を吐くことがあった。おろおろする母と子供たち。「勇ちゃん早く帰ってきて」と祈った。

勇兄には頭の上がらない父だった。兄には威厳があった。

酒飲みは嫌いだ！　この時から私は大人になったら絶対酒は口にしないと誓った。

四歳の頃、姉延子に連れられて銭湯に行った。初めて入った女湯で客の背中を流す三助がいた。いつもと違う雰囲気に、慌てて周りを見回したが姉の姿が見えなかった。今にして思えば湯に浸かっていたのだろうが、その時は不安に駆られて、慌てて脱衣場に行ったが姉はいなく、裸のまま泣きながら家まで帰って行った苦い思い出だ。

この出来事を境に女湯には行かなくなった。当時、姉延子は十六歳。そして、この出来事を兄弟が知っているかどうかは聞いていない。

「貧乏人の子沢山と言って一人や二人欠けても大勢いるから大丈夫じゃないか」と言った男がいた。その胸ぐらをつかんで、「子供は俺の大切な宝」だと啖呵を切り、殴りかかる寸前の父。

後にこの父の話を語っていた母は、「子はかすがい」と笑った。

私の記憶の中では、六～九歳歳頃の生活が一番どん底の生活だった。正月をうどんで迎えたこともあった。毎日、ふかし芋、すいとん、麦ご飯。

父の日雇いでは家族を養うことができないので、三人の兄たちもそれぞれが必死に働いて家族の生活を支えてくれた。

貧乏はいやだ！　この経験が後になって独立独歩の原点になった。


七～八歳の頃、母の実家に行ったことがある。母はすぐに仏壇に手を合わせていた。その後ろ姿におじいさんが、「おシン、よく来たな！」と声をかけてくれた。おばあさんは縁側で針仕事をしていた。母にあまりにも似ていたのでビックリした。いとこの四郎さんから「健ちゃんの弟さんか」と声をかけられた。母が、四郎さんは秀才だと言っていた。

昼には生み立ての卵の卵かけご飯とみそ汁をご馳走になり、その時の味は忘れられない。そして土間にある五右衛門風呂に初めて入れさせてもらった。五右衛門風呂の底板を浮かせて浮き蓋として、その上に乗るのが怖かった。そして夜は田んぼのあぜ道沿いの集会場へテレビを見に行った。帰る朝、実家でもらった米を背負う母がいた。

当分会えないと思って、母の妹、金目の家にも寄った。ニコニコ笑って迎えてくれた叔父さん。遠くには、お河童頭の女の子の姿があった。

そして母の姉の嫁ぎ先の四之宮にも寄った。母と似ている伯母さんに会った。伯父さんは畳職人。いとこと近くの小学校の校庭で鉄棒をして遊んだ。夜は五右衛門風呂に入り、子供心にオネショが心配で眠れなかった。

父は若い頃から大酒飲みで、母はさんざん泣かされたはずである。母の父親はこのことを知って、酒はほどほどにし、仕事に精進するようにという思いを込めて、「酒は酒屋に、牡丹餅は棚に、金の成る木は、腕にあり」という句をお盆に彫って母に贈った。これは父と母への人生の応援歌だったのだろう。

小学校低学年～懐かしい味、忘れ得ぬ光景

私は昭和二十九年四月に四谷小学校に入学した。記念写真として庭先で勇兄が撮ってくれた小さな写真が一枚残っている。

教室は一年二組で、担任の先生は映画『二十四の瞳』で高峰秀子が演じた大石先生のような優しい綺麗な先生だった。確か当時としては珍しいスクーターに乗って来る若い先生と、しばらくして結婚されたと記憶している。

小学校の入学に際しては、自分の名前をひらがなで書くことだけ、母から教わった。読み書きのできない私に対し、大半の子は読み書きができていたように思えた。一学期の通信簿の成績は最低で、母にこっぴどく叱られ、ほっぺたをつねられた痛い記憶がある。

国語の朗読の時間は授業参観日だった。後ろを向くと母がいた。私は人前で本を読むことが大の苦手だった。自分の名前を呼ばれた時の不安な気持ちは一生忘れない。

給食費・ＰＴＡ会費の納められない惨めさは、いつしか私を劣等感の強い内気な性格に

させた。学校嫌いの少年時代だ。

毎日、夕方になると母は、東門前商店街まで買い物に出かけた。買い物かごの中は、さつま芋が多かった。粗末な食事だったが楽しい食卓だと思っていた。

母の一言、「バカは一生、でも貧乏は一生貧乏とは限らない」という言葉を忘れない。母の強さを垣間見る。

母の使いで、いつもの米屋に米と麦を買いに行かされた。子供心に店主の憮然とした顔を見るのが嫌だった。

年の瀬に店主が決まって配る手ぬぐいは、近所に配っても、私の家には配らない。人を見下す扱いに貧乏の悔しさを知る。

生活が安定した頃からは数十キロを注文するようになった。後に、手のひらを返すように店主がお年賀を持ってくるようになったと母から聞かされた。母はよっぽど悔しかったのだろう。

五～六歳の頃、べっこう飴売りのおじさんが自転車で決まった時刻にチンチンと鉦を叩いてやってきた。子供たちは五円を持って待っている。自分も飴が欲しくて「五円ちょうだい」と駄々をこねるも、もらえなかった私は、母に向かって石を投げた。ぐずる私に母は、はたきを持って広場まで追いかけて来た。今にして、若かった頃の母の切ない気持ちを思うと胸が熱くなる。

街灯の灯りがともり、七輪で焼くサンマの煙と匂い。豆腐売りのラッパの音と売り声が響いている。近所の家のラジオから「フクちゃん」の曲が流れる頃に、子供たちは家に帰る。

どこの家もラジオを聴きながら、ご飯を食べていた。

小学二年生の頃、すぐ上の兄、健二に連れられて六郷橋の花火大会に行った。しかけ花火が始まると兄は土手に登り、私は夜盲症があるので兄を見失った。真っ暗で足元も見えず、川と土手の境も分からない恐怖で川に落ちて死ぬかと思った。

花火の時期になると、このことを思い出す。

ところで夜盲症はいつのまにか治っていた。今の時代も夜盲症はあるのだろうか？

この頃、面白半分で一度だけ高歯の下駄を履いて小学校に行ったことがあった。兄が履いていた高歯だ。校庭で行進しながら、見下ろす高さに驚いた。

普段は焼下駄、正月は少し上等の下駄を買ってもらった。

しばらくして下駄からズック靴に代わり、今思えば懐かしい。

ある時、同級生と駅前のデパートに行った。友達はさっさとエスカレーターに乗って屋上へ行った。私は、エスカレーターはお金を払うものだと思い、階段を上り屋上へ行く。降りる時に友達はエレベーターに乗り込んだ。手招きをされて乗るように言われたので乗ったのだが、エレベーターもお金を取られると思い、すぐに出ようとした時に頭をはさまれた。後にお金を取られないことを聞かされた。さいかいデパートの思い出。


小学三年生の頃、遠足の弁当で、一人の女の子が茶きん鮨を持って来た。初めて見る美味しそうな黄色い卵焼き。クラスの子たちも珍しいので、のぞき込んでいた。庶民には到底縁のない食べ物だった。お金持ちのお嬢さんだったのかな？

後に長津田駅で偶然見つけた京樽の「茶きん鮨」。思わず購入。懐かしい！　あの子が食べた茶きん鮨を思い出す。茶きん鮨で有名な京樽が第一号店を出店したのは、昭和二十七年七月、上野百貨店とのこと。

まだ各家庭にテレビはなかった。夕方、隣の家の小母さんに「テレビを見せてください！」と頼む。毎日、妹と一緒にテレビを見せてもらった。「月光仮面」「少年ジェット」「風小僧」などの番組が楽しみだった。向こう三軒両隣という、のんびりした良い時代。

小学校、中・高学年〜相撲、プロレス、映画

四谷小学校の行事として年に一回、映画鑑賞があった。

小学三年、四年時は外国映画を見た。一本はフランス映画『赤い風船』という題の少年と風船の友情物語だった。もう一本はドイツ映画で『野ばら』。少年トニーがウイーン少年合唱団に入る物語だった。子供心に寮母マリアの美しさが焼きついた。

年に一回、先生に引率されながら、学校から川崎映画街に向けてぞろぞろ歩く映画鑑賞会。外国映画を初めて観た感動が忘れられない。

塩浜神明神社に琴ヶ濱関が来た。初めて見るお相撲さんに興奮した。関取を目の前で見られることで町内は大騒ぎ。

確か、この時期に『若ノ花物語　土俵の鬼』の映画が公開され、若ノ花と同門の琴ヶ濱関と聞かされた。身長百七十七センチ・体重百十七キロ、当時は大関だったのだろう。

当時は夏になると、至る所の神社の境内で相撲大会があった。小学生・中学生・青年部

に分かれていた。

四谷上町の小学生の部に私も参加した。その三人抜き大会で優勝して賞品にスイカをもらった。その時の父の嬉しそうな顔が忘れられない。意気揚々として手にしたスイカを妹妙子に手渡しした途端、手元が滑って落として割ってしまった。割れたスイカを抱いて泣きながら家に帰った。

後にこの出来事を妙子に聞いたところ、鮮明に覚えていると笑いながら答えた。思い出は共有できるものなのだと思えた。


昭和二十九年頃の娯楽といえば、ラジオで聞く相撲と電気店の店先にあるテレビから流れるプロレス中継を群がって観戦した時代だ。特に大人も子供も力道山の空手チョップの話題が中心だった。

そんな一般家庭にテレビがない時代、大きな屋敷を構える名主がテレビを見せてくれるとのことで、近所の人たちと連れ立って私たち四兄弟も観戦させてもらった。プロレスが始まる頃には数十人が正座して観ている。鎮座したテレビにビロードの幕が掛けてあった。

力道山・木村政彦対シャープ兄弟の対決が始まると、力道山の空手チョップが出るたびに拍手、「ヤレー、ヤレー」の声と「勝った、勝った」の歓声が聞こえる。そして試合が終わると、私は真っ暗な田んぼのあぜ道を勇兄にしがみついて帰る臆病な少年だった。

夏休みには、四谷小学校の校庭が野外映画館に早変わりした。最初に独特な語りの解説者によるニュース。そして本編が始まり、『野口英世の少年時代』『若き日の豊田佐吉』を見て感動した。

記録映画もあった。広島・長崎の原爆投下の記録映画だ。直撃され、一瞬にして人が建物の影になった場面があった。

校庭の草むらに座り、夜空の下、映画上映を楽しんだ。校庭には二宮金次郎の石像があった。風が吹くとスクリーンがバタバタとなる音や虫の声の聞こえる夕涼み、のんびりした屋外映画の情景を思い出す。

小学五年生の頃に親友ができた。

ちょうど東京タワーが完成した時期だった。漫画を描くのが上手な友人は、東京タワーの上を飛ぶ「鉄人28号」の漫画を描いてクラスの人気者。

市営埠頭の岸壁のそばには、壊れた戦車が山積みになっていた。その戦車の中に入って銃弾・砲弾を探して遊んだ。

埠頭で外国船の荷下ろし中に南京袋が破れて、中のナツメがこぼれ落ちた。そのナツメを作業員の人が私たち二人に投げてくれた。二人は思いっきり口の中に頬張った。その美味しさは格別で、忘れられない。夏の日差しの強い岸壁の思い出。

小学校五年生の運動会の時、南大師中学の徒手体操の模範演技が披露された。最後を飾る演技の主役は、健二兄だった。

五段に積み上げられた人間ピラミッドに向かって助走し、ジャンプ台を蹴る。その瞬間ピラミッドが崩れ、その上を飛び込み前転する、はらはらドキドキの演技だった。その見事さに観客は総立ちで歓声を上げげた。拍手が鳴りやまなかった。

この演技をした兄を、父は腕を組んで満足そうに観ていた。

兄が主将をしていたこの時期が南大師中学の全盛期で、神奈川県大会で二位の好成績を収めた。兄の影響で私も中学では体操部に入部した。

六年生の頃、我が家にステレオがやって来た。武志兄が月賦で買ったステレオだ。六畳間に置かれたステレオから流れるポピュラー音楽、ウエスタン。ラジオで流れた曲がレコードで聴ける楽しみ、最高に贅沢な気分だ。

兄は生涯の友となったレコードを今でも聴いている。


小学生の頃、私は父の仕事場へちょくちょく遊びに行っていた。コークスの臭いがする仕事場には父の作った工具が溢れ、真っ赤に焼けた鉄とハンマーを打つ音が聞こえた。客の注文に合わせ何でも作れる父だった。

夏には父の仕事が終わるまで草むらに入り、トンボ、バッタ取りなどでよく遊んだ。そして、父の沸かすドラム缶の五右衛門風呂で体を洗ってもらった。茶色に染まった手ぬぐいは、父の匂いが染みていた。

父はいつも仕事帰りに行き付けの酒屋で一杯飲み、ほろ酔い気分で帰ってくる。そして弟の茂をおぶって町内を散歩するのが日課のようだった。

父の後ろを数匹の野良犬が付いてくる。誰もが知っている光景だった。

父は子供の頃、闘犬を飼っていたことがあり、野良犬は父が犬好きであることを分かっていたのだと思う。

当時、銭湯は子供料金六円だった。子供の足で、二十分ぐらいのところにあり、子供たちだけで「下駄の音を立ててワイワイ」騒ぎながら行ったものだ。銭湯は子供達の遊び場でもあった。ある時、兄健二の友達数人と銭湯に行った。風呂から出て中華そば屋の前を通りかかった時、菅井君が「ラーメン三杯食べたらラーメン代を奢ってやるよ」と冗談半分に言った。真に受けた薬袋君が「俺は食べられる」と言ったことで菅井君は引くに引けなくなった。同級生たちは「奢れ、奢れ」とはやし立てた。話が決まり、薬袋君は腹を減らすために表通りを走りに行った。皆はテーブルに集まり、薬袋君の食べる姿を羨ましそうに眺めていた。思わず生つばが出てくる。薬袋君は見事完食した。帰り道、夜空を見上げると満天の星とまんまるの月が出ていた。月は自分が走っても、何処までも一緒についてくる不思議な感じがした。

後に兄に話したら覚えていると言っていた。

家族の肖像

母親は絶対病気などしないものだと信じていたが、小学五年生の頃、結核にかかった。母は塩浜病院に隔離された。

普段は寡黙な父だが、母の退院した日は、子供たちがびっくりするほどよくしゃべり、笑った。そんな父だった。

年の瀬の餅つきは、父と母の掛け合いだ。出来立て餅をたらふく食べた（あんこ・ゴマ・黄な粉・大根おろし）。一年で最高の贅沢、満足そうな父の顔。

そして元日には必ず新しい下駄、ジャンパーを買ってくれた母。お年玉は百円ぐらい。

そして近所の友達と一緒に出かけた川崎大師の境内には、傷痍軍人の弾くアコーディオンの音が響き、お線香の匂いが漂う。

仲見世通りにあるおでんを食べて、見世物小屋をのぞき込む。老舗のくず餅、達磨おこしが懐かしい。

私と妹が大喧嘩をした時のこと。妙子は悔しくて、庭先で大の字になって大泣きした。喧嘩の原因は記憶がないが、よっぽど悔しかったのだろう。

隣の久田さんがなだめに来る騒ぎ。申し訳ないことをした。

後に妹は寅年生まれと聞かされ、納得と苦笑い。


父は田植えの日雇いに出て破傷風にかかった。

そして、田辺病院に入院。父の顔は黄疸で黄色い。その顔に驚いた。

薄暗い病室に看護婦さんが夕食を運んできた。あわてて父のベッドの布団の中に隠れた。

看護婦さんが帰った後、「敏、食べろ」と言ってくれた優しい父の顔を覚えている。薄暗い病院の待合室のレトロな電灯、廊下を歩くとミシミシと鳴る音、そして消毒の臭いが思い出される。

兄勇と一緒の帰り道、川崎大師の境内の赤い大きな提灯が風に揺れて寂しげだった。

妹のチイ子（三女静子の愛称）が亡くなった辛い出来事。

チイ子が五歳で疫痢にかかった。落ちていたものを拾って食べたことが原因である。三男周二が亡くなった時と同じ状況だった。食べるものに不自由していた。

六畳間に寝かされていたチイ子の大きな瞳が虚ろになった。

私が捕ってきた虫かごの中のコオロギを見せて、「大丈夫？　大丈夫か！　チイ子！」と叫んだ。今も妹の顔が目に焼きついて離れない。

それから一〜二日ぐらい経って亡くなった。

自宅を消毒するため、保健所から白衣姿の職員が来た。

津田山の火葬場に行ったのは、父と妹妙子と私の三人（伝染病のため人数が限られた）。棺が鉄の扉の中に入れられる時、ゴーゴーという音と真っ赤な炎が見えた。私と妙子は大声でチイ子、チイ子と大泣きした。

そして、小さくなったお骨を見ていた。

お骨を抱く父と妙子と私。山道を下り、無言で乗った南武線。遠くを見つめる親子の光景。それまでにこれほど、悲しい記憶はなかった。

私が六年生の時、父が胃がんで中央病院に入院し手術を受けた。退院後は薬を飲むだけで回復しなかった。

父に頼まれ、病院まで薬をもらいに行くことが自分の役目と思った。父はお腹の塗り薬と頓服を服用していたと思う。その時、決まってニコニコして「悪いな!」と言って甘露飴をくれた父。

手術後のお腹にガーゼを巻いていた。お腹の傷口が開いて膿が出ていた。父はケロッとした顔でガーゼを取り換えていた。子供心に膿が出てしまえば治ると信じていた。

しかし、ある日、学校から帰宅した時、寝ている父の顔に白い布が掛けられていた。

思わず、「父ちゃん父ちゃん」と大泣きした記憶。

昭和三十五年十一月二十六日、五十八歳で父は亡くなった。

独立独歩

昭和三十八年三月に、私は中学を卒業した。

高校進学が当たり前の時代になり、中学卒の就職は金の卵といわれた時代。

川嶋工業株式会社の就職試験で合格の電報が届いた。母は泣いて喜んでくれた。

会社は自動車の部品製造工場で、プレス、旋盤を使う作業員の養成で採用された。一年間は養成工として学びながら働く訓練生である。夜は定時制の川崎商業高等学校に通学。

将来は経理関係の仕事をすることが夢だった。

せっかく入った会社だったが三カ月で退社。そして勇兄の紹介で明和印刷株式会社に高校卒業までの条件で入社。

在学中に学校の掲示板の求人欄にあった協同工業株式会社の試験を受けた結果、合格した。

そして昭和四十二年三月に川崎商業高等学校を卒業する。協同工業株式会社は原宿に本社がある東京ガスの関連会社だった。昭和四十二年四月一日に、晴れて本社経理部門に配属された。

ホワイトカラーに憧れての入社は、天にも昇る気分で希望に満ち溢れていた。独立独歩の一ページ。


モダンな原宿駅から青山に向けて走る表参道の並木道は、東洋のシャンゼリゼといわれていた。明治通りを越え、同潤会アパートを左に見ながら進んだ先の、閑静な住宅地の一角に会社があった。出勤途中には明治神宮で参拝することもあった。

社風は家族的で和気あいあい、若さが溢れる職場だった。総務・労務・経理・業務等の部署があり、そろばんの音、タイプライターの音、そして電話交換手の声で活気に満ちていた。

経理部に配属された私は、入出金の伝票整理・元帳・試算表の作成等をする仕事に就いて忙しい日々を送った。そして上司に連れられ、経理専用の車で毎日銀行回りをした。渋谷の住友・協和・日本勧業銀行・新宿の三菱・神戸銀行・青山通りの第一勧業銀行である。

神宮外苑球場で行われた銀行との交流試合は、女子行員の応援する声で盛り上がった。

社内の会議室では、仕事が終わってからケーキを食べながらレコード鑑賞をすることもあった。

会社の仕事にも慣れ、充実した日々。入社して一年経って、経理が自分の天職であることを確信した。


そして、もっと専門知識を得るために、二部の立正大学経済学部・商学分科に入学する（昭和四十三年四月、二十歳の時）。

幼い頃の学校嫌いが嘘のような変貌ぶりだ。

大学は大崎広小路駅下車で五分の場所。大学の第一印象は高校と全く違って見えた。必修科目・選択科目の一覧を見て、「やっとたどり着いた最高学府！」という思いを強くした。

多くの学友もできた。それぞれの仕事は銀行員・公務員・製薬会社などいろいろだ。

自分の将来の目標が見えてきた。

協同工業株式会社も入社二年目、そして大学一年生でもある。共に充実した日々。課長に連れられて、渋谷の道玄坂沿いの「かすみ」という喫茶店でコーヒーを飲むのが楽しみだった。

同期の新田君とは、同じく同期の女子社員たちと連れ立って、給料日に渋谷駅付近のビルの七階にある「セブンスター」という名前の店に出かけた。カウンターに腰掛け、新田君はオンザロックを、私は粋がって飲んだことのないアブサンを、そして女性たちはカクテルを注文。

薄暗い照明からジュークボックスが見える。ナンシー・シナトラとリー・ヘイズルウッドのデュエット曲「サマー・ワイン」が流れていた。なんとお洒落な空間だろう。

当時はこだわりのリーガルのワインカラーの靴を履いていた。

若者が闊歩したお洒落な渋谷、原宿。そしてアイビーの似合う町・渋谷、原宿の全盛時代である。

大学の友人の世良君と宇内さんは既に同棲して、東急池上線の戸越銀座の踏み切りに面した小さいアパートの二階一間に住んでいた。ミカン箱、一個が机替わりで置かれていた。

宇内さんが新聞紙に包まれた焼き芋を出してくれ、食べながら学生気分を満喫。窓の外から聞こえてくる電車の音、まるで「神田川」の歌の世界だった。

そして三人で、渋谷にあったハッピーバレーのダンスホールに行ったこともある。世良君、宇内さんの意気の合ったツイストを踊る姿が目に浮かぶ。ジルバ、ツイスト、マンボといったダンスが主流の時代だった。

私は格好をつけて靴のかかとでマッチに火をつけ、タバコを吸う。前のほうにいる女性も意識している。女性に一緒に踊ってくださいと言えなかった青春時代。

人生を決めた妻との出会い

昭和四十四年四月に新入社員が入ってきた。昼休みに洗面所に行くと、三人の女子社員が楽しそうに会話しているのが目に留まった。思わず「新入社員ですか?」と声をかけた。一瞬一人の女性が振り返り、「はい」と一言。その社員が後に私の妻となると原テルミだった。

彼女は長い髪を後ろに束ねただけで、極端にかかとの低い靴を履いていたのが印象的だった。新入社員らしく、さわやかな感じがした。その場は「頑張ってね」の、それだけの会話だった。心の中で経験したことのない強い感情が湧いてきた。私は彼女に好意を持った。

翌日、仕事帰りに偶然、原テルミが前を歩いているのを見つけた。胸のときめきを抑え、一瞬、躊躇したが、一言声をかけた。緊張はやわらぎ、雑談しながら原宿駅に向かった。「やった!」と思った。私の心は淡い恋心を抱き始めた。

同期入社の館川君は総務・経理の専属の運転手として勤務していて、私とは親しい仲だ。

銀行に行く車内で館川君が突然、「原さんとデートの約束をした」と満足そうに話し出した。翌日になって館川君は、「原さんに手を出さないほうがいいぞ！」と私に忠告してくれた。理由は常務の姪だからだと言った。

その一言には一瞬、驚いた。まさか常務の姪とは知らなかった。そのような素振りを見せない原テルミだった。私は無関心を装って、彼女とデートの約束をした。

会社では交際していることを内緒にしていた。会話もせず、そっと机の上に置くメモ書きで連絡する。そして渋谷の喫茶店ルノアールでデート。大学の授業を一緒に受講したこともあった。

二十一歳の私と原テルミ十九歳の出会い！　会社も学校もすべてが楽しい青春時代（テルミは私と初めて会った瞬間、「この人と結婚する」と決めたと後に語った）。

そして彼女の誕生日に何が欲しいかと尋ねたら「指輪」と答えた。

母に初めて、彼女がいることを伝えた。そして誕生日に指輪をプレゼントすることになったと話した。母はビックリした様子で「結婚決めたのか？」と尋ねた。私は正直言って、そこまで深く考えていなかった。母は、「指輪をプレゼントすることは結婚を意味するということだよ」と言った。

やっとつかんだ充実した勤労学生。金銭的には余裕などない精一杯の生活。すぐに結婚など到底考えられない状況だった。

無鉄砲ながら自分で決断したこと、母には大学卒業後の将来の話として理解してもらった。そして川崎駅ビルの宝石店で誕生石のメキシコオパールの指輪を買い、プレゼントした（昭和四十四年十月十二日）。テルミ、二十歳の誕生日。

社内では、私と原テルミが付き合っていることを誰も知らない状況だった。私はせっかくプレゼントした指輪だから、堂々とはめてほしいと言った。

翌日、テルミは左の薬指にメキシコオパールの指輪をはめていた。当然のこと、女性社員の話題になったらしい。相手は松尾さんじゃないかと聞こえてくる。常務の耳にまで届き、姪のテルミが付き合っている男は誰だとなった。

常務は何気なく監査役に私の素性を聞いたらしい。良好な返事をしてくれたのだろう。社内では私とテルミの付き合いが公になった。母の言った指輪の重みをつくづく感じた。このままでは常務の姪と結婚した松尾、ということになる。この会社にいる限り、頭が上がらないような感じがした。堂々と自分の力で生きてやると決意した。

そして昭和四十四年十一月、今の給料では当分結婚できないと、健二兄に相談した。

兄の勤務する玉西電機株式会社で経理のできる人材を探しているから応募してみろと勧められた。早速、工場長と面接、良好な返事をもらった。そして数日後に本社で社長、専務の面接があり、藤田専務が私に「鶏頭なるも牛後となるなかれ」ということわざを話された。その言葉は私心を揺さぶるものだった。

その時に私の意志を伝えた。その結果、採用と決まった。

お世話になった協同工業株式会社に未練はあったが、会社は人生の通過点ととらえ、昭和四十四年十二月末日で退職した。

会社を捨てて彼女を取った。常務の姪のテルミでなく、ただの原テルミと結婚することを選んだ。

協同工業株式会社の給料が一万七千円、玉西電機株式会社の提示された給料は四万三千円と破格の金額に驚いた。これなら彼女と結婚できる。

二人の人生を夢見て！

昭和四十五年一月五日、玉西電機株式会社に入社。資本金五百万、社員八十名。電子機器用・通信機器用部品の製造業。

新年会で本社勤務と紹介された。藤田専務の直属の部下として経理・会計・労務・総務等を担当することになった。

藤田専務が私に言ってくれた「鶏頭なるも牛後となるなかれ」。この言葉が私の励みとなった。

そして男子寮に入り、藤田専務の期待に応えられるよう我武者羅に働いた。

大学卒業を目処に結婚する予定でいた私は、東京都住宅供給公社の応募回数を重ねることで優先的に入居できると聞かされ、昭和四十五年五月に団地入居に応募したところ、一回で当選した。この吉報を一番喜んだのは母だった。母は原家の両親に挨拶を兼ねて報告に行った。しかし、入居条件は既婚世帯、六カ月以内に結婚予定の者と記されていた。当初の予定より一年以上も早い昭和四十五年十一月二十二日に川崎市内のいさご会館で、媒酌人を藤田専務にお願いして結婚式を挙げることができた。

松尾敏行二十二歳、テルミ二十一歳。

新婚旅行は新幹線で京都の二拍三日。

藤田専務からお祝いに座右の銘「人事を尽くして天命を待つ」の書をいただいた。藤田専務を人生の師として仰ぎ、この書を飾り、私の座右の銘にした。

大学の友人、世良君と宇内さんが偶然にも同じ日に結婚式を挙げるとのことで、出席を依頼された。私たちは午前、世良君たちは夕方、場所も同じ川崎とのこと。引き受けようと思い、勇兄に話したところ、何を考えているのかと叱られ断った。

世良君たちの新婚旅行は伊勢に行くと言っていたが、なんと京都駅前を歩いている二人を見かけ、ビックリした。声をかけて、なんで京都になったのか尋ねたが答えなかった。何とも不思議な出来事だった。

現在も二人とは親交がある。自分の結婚式と同じ日に、友達の結婚式に行こうとするとは、今思うと、若いということはなんと無鉄砲なことか。

新居は小田急線の百合ヶ丘駅からバスで十五分のところにある、新築の団地で2ＤＫ。新生活のスタートだ！

毎日の通勤、通学からの帰宅は最終バスである。

そして昭和四十七年三月に二部の立正大学を無事、卒業した。若さ溢れる充実した生活。

すべてが拡大する輝く昭和時代

昭和四十七年八月十日に市立病院で長女和美が生まれた。

初めて抱いたわが子、一生忘れない！　敏行二十四歳、テルミ二十二歳
兄の勇が名付け親である。勇兄は市立病院に勤務、市の職員として調理を担当していた。

昭和四十八年四月、産業能率短期大学の事務能力専攻学科（二部）に入学して、さらなる専門知識の習得に努め、昭和五十年三月に同大学を卒業した。

会社も資本金一千万、従業員百三十人、経理・給与の管理のコンピューター化に着手する。マニュアル管理からコンピューターの時代へと変わっていった。

コンピューター移行の旗頭として責任は重い。将来を見据えて、再び昭和五十年四月に同大学の情報処理コースに編入した。学んだことは、導入した会計システムの実践に大いに生かされた。

コンピューター移行は順調に進んだ。時代の流れに沿ったコンピューター管理が出来上

がった。藤田専務から全面的に実務を任された。

昭和五十一年九月二十一日に、京浜病院で長男一《はじめ》が生まれた。一の名前は、父親の朝一の一文字をもらって私が名付けた。敏行二十八歳、テルミ二十六歳。

勤労学生を長く続け、家族四人の生活を考えると決して楽な生活はできなかった。妻には苦労をかけっぱなし。時にはスーパーで食パンの耳を買うこともあった。

一歳になった一はやんちゃ坊主で、ビリビリに破いた襖の穴から出入りして遊んでいた。妻はチラシで補修するが、いたちごっこ。姉の和美はこんな、やんちゃな弟を優しく面倒をみてくれた。この団地生活が決して、みすぼらしいと思ったことは、一度もなかった。学生気分も重なって毎日楽しい我が家。懐かしい団地の時代。

後に和美は保育士の道に進んだ。

ある時、藤田専務がギリシャ神話のオポチュニティの話をしてくれた。この神様は前髪を伸ばし、後ろは毛が無い頭をしている。その神様は人生で三回、全速力で目の前を走り抜ける。その幸運をつかむには前髪をつかむことだ。躊躇していると後ろは禿げているから その幸運をつかめない。松尾君もこの幸運の神様を逃がさないように生きなさい、と語った。

今にして思うと、この幸運の神様の一つ目の幸運のチャンスはテルミと結婚できたことだ。二つ目の幸運は夢のマイホームを建てることだった。

そして昭和五十三年二月、相模原に念願のマイホームを建てることができた。一年前に土地を購入、何度も足を運びながら設計した注文建築で、家族四人の新生活が始まった。私は感無量。満三十歳。テルミと結婚して八年の歳月が流れていた。

いつも親代わりとして頼りになる兄、勇が昭和五十四年九月二十八日に市立病院で大腸がんのため満四十四歳の若さで亡くなった。母の悲しみは計り知れない。

私は昭和五十四年十月に、森山胃腸病院で急性胃潰瘍と診断され緊急入院した。即、手術して胃の三分の二を切除し、四十五日間の入院となった。妻は最悪のことを考えて、残された二人の子供と、どうやって生きていくか、それればかりを考えていたようだ。

病気の原因は兄勇の亡くなったことと、走り続けてきた仕事の疲れが重なったと思われる。満三十一歳。

会社も昭和五十五年に東京工場新設、昭和五十七年に横浜工場建設、昭和五十八年に日東株式会社と合弁会社を設立した。

私の尊敬する藤田専務が退任、後任に日東株式会社出身の木南専務が私の上司として迎えられた。そして昭和六十年一月に、大田区大森から横浜市磯子区に本社工場として移転した。企業規模も拡大する変革の時代だった。

昭和五十七年（三十四歳の頃）、仕事で南武線の新城駅付近を車で走行中、中古車販売店のフォルクスワーゲンが目に飛び込んできた。思わず車を止めて、まじまじと見入ってしまった。以前、勤めていた会社の人がフォルクスワーゲンで通勤していた。車体の色はベージュで、後方から聞こえてくるエンジン音はワーゲン独特のものだった。私も一度は乗ってみたいと思っていた。

思わず中古車店のドアを開けた。冷やかしのつもりで入ったが、営業マンと同乗で試乗ができた。約三十分。頑丈な造りとフロントガラスが平面で、運転席から見る景色とエンジン音は戦闘機を操縦するような最高の気分だった。

この頃は、住宅ローンや出費が嵩む時期で車など買える余裕などなかったが、妻が二つ返事で「何とかなるから買ったら」と言ってくれた。天にも昇る気分。

早速、翌日契約を済ませた。車の横に息子一を乗せてさっそうと走る。「お父さんは一生に一度は、このワーゲンに乗りたかったんだよ！」と息子に言った。息子も「この車カッコいいね」と言っていた。


昭和六十年一月には、母屋の住宅ローンを完済することができた。

同年五月に隣接する一戸建てが売りに出されたので、私にとって千載一遇の好機と思って銀行ローンを組み、購入した。三十七歳の時である。


会社は順調に業績を伸ばし、昭和六十年五月から日本証券業協会の店頭登録公開を目指すことになる。

私の業務も多忙になった。日常業務と監査法人の対応で決算書の分析等、打ち合わせが毎日行われた。経理・総務を兼務していたが内部統制上、見直され、私は経理係長になったまま。店頭公開に向けて努力はすれども、課長職の道は遠く感じた。

木南専務から心に残る言葉をいただいた。

「君は経理・総務の仕事に関し長けているが、今後は組織強化のために部下の育成に注力することを会社は期待している」

「君ならできる」と激励してくれた。この一言がさらなる挑戦の一歩となった。

先代専務の娘婿が木南専務、共に日東株式会社の出身。二代にわたって同族の上司に仕えることになった。

「君ならできる」の言葉を励みに経理部の管理レベルの向上、部下の育成に努め、貢献できたと感じた。店頭公開に向けての資料が着々と整備される多忙な時期だった。

昭和六十二年四月に経理課長に昇進した。

昭和六十一年から平成三年にかけて日本中がバブルの好景気で湧いていた時代。

昭和六十二年二月にＮＴＴ株が株式公開一次売出し百十九万七千円、二カ月後、三百十八万まで高騰という時期だった。

絶大な信頼感に群がった個人投資家たち。私も一株申し込み、当選した。

時代は平成へ～仕事の円熟期

昭和六十二年十月十九日に、ニューヨーク市場の株価大暴落。下落率は二十二・六パーセント、東京市場も十四・九パーセントで最大の下げ幅となった。

私も幹事証券の担当者から推奨銘柄を購入していたが、「売却は月曜日に」と言った日が、「ブラックマンデー（暗黒の月曜日）」。

担当者の、「この日の新聞は歴史に残る記事だから、記念に取っといて」という一言が今でも耳に残っている。株式投資は自己責任ということだ！

昭和六十三年九月に商号玉西電機株式会社から不二山電子株式会社に社名変更して、幹事証券は新日本証券のもとに日本証券業協会の店頭売買登録銘柄として公開された。

平成二年四月に経理部長心得に昇進。平成四年四月には、念願の経理部長に昇進した。

平成三年三月頃から平成五年十月にかけて、景気の後退を指す（バブル崩壊）。

平成六年頃から銀行の貸し渋りが始まり、当社もそのあおりを受けた。

平成七年に設備投資の借入調達に奔走した。協調融資は、政府系の商工中金が最初に融資することができれば他行も同意するという条件だった。商工中金と度重なる折衝の結果、了解を取り付け、他行も追随した。この仕事は自分にしかできないことと自負する。

金融各行の担当者が調印のため一堂に会することになった。その席で、「このようなことは異例だ」と言ったメインバンクの担当者がいた。会社は六行の協調体制を構築したことで資金調達が容易になり、利益改善も順調に推移した。


昭和六十三年前後には不動産バブルが起こり、世の中は何でも値上がりするといった風潮の時代で、土地はもちろんゴルフの会員権までがローンの対象となり、会員権を担保にプレー目的ではなく、投資目的で購入する人まで現れた。私の所有する土地、建物の評価も高騰していたので、銀行の融資担当者から不動産を担保にゴルフ会員権の購入か、株式投資の購入資金として融資させてほしいという甘い言葉に乗せられて、平成元年から二年にかけて、総額一億七千万の根抵当権を設定した。

そして、本格的に株式投資をすることになった。証券マンの推奨する銘柄に期待して投資したが大半が売却損失となった。株式投資は難しいと気がついた頃には、株価の下落と利息払いの追い打ちの悪循環となった。人生最大のピンチだ！　このまま続けていれば、と幽かな期待と折れる心を奮い立たせる意味で、天井に「初志貫徹」と書いた半紙を貼って眺めた時期は長く続いた。自分の蒔いた種だ。

今まで順風満帆過ぎたので調子に乗り過ぎたと感じた。そして今が潮時と判断して、平成三年四月にはすべての株式を売却した。損失額二千七百万円を新規にローン設定し（根抵当は解除）、株式投資の精神的苦痛からやっと解放された。本業に専念しようと誓う。そして平成九年二月に借入金を全額完済することができた。すべての借金から解放された。妻の協力には感謝している。

平成四年には木南専務は会長に就任し、後任として長谷川常務が管理本部の経理・総務の統括部長に就任していた。この長谷川常務は先代の藤田専務の甥にあたる方で、私は三代にわたり同族の上司に仕えてきたことになる。その長谷川常務も平成八年には退任が決まり、後任の人選において、メインバンクに出向社員の要請をした。候補として佐藤氏が抜擢され、管理本部統括取締役として就任した。この時期から銀行折衝業務は佐藤取締役に任せ、公的な監査、税務と社内予算管理に専念することができた。

平成九年に入り、私の目標であった経理部長の夢が叶った今、永きにわたり共に務めた部下も上場企業にふさわしい人材に成長していた。大番頭といわれ、金庫番一筋に来られたことを誇りに思う。

私は平成九年四月に入って、社長に製造部の予算管理強化のため異動を懇願し、四月の緊急取締役会において受理された。経理から製造部への異動が決まった。私の最後の大仕事として臨んだ、新たな挑戦である。とはいえ、一仕事終えた安堵感も覚えた。自分の心の整理と妻へのねぎらいを兼ねて、長期の休暇を取った。

妻との初めての海外旅行は、平成九年五月七日に東欧のロマンチック街道十日間の旅行をプレゼントすることができた（ハンガリー、オーストリア、ドイツの三カ国を巡る）。

紆余曲折の人生、共に歩んだ人生に感謝！

（結婚二十七年）敏行四十九歳。


平成九年五月一日より、製造部長として業務改善に取り組む。製造部の人事管理の難しさを痛感、暗中模索の時期に生産革新の一冊の本と出合った。その本は船井幸雄の著書

『百匹目の猿「思い」が世界を変える』である。私はこの書を見た時に強い感動を覚えた。

そして各現場の朝礼、ＴＱＣ活動で誰かが良いと思うことを有言実行、その最初の一歩を踏み出すことで現場の意識は変わるという『百匹目の猿「思い」が世界を変える』を講話した。


現場の業務改善は「トップダウン」ではなく、「ボトムアップ」だ。「ボトムアップ」によって原価管理の裁量を現場に与えることで生産効率は改善されるはずだ。各工程の品質向上、歩留まり率改善、生産コスト削減に結び付き、営業利益に貢献できたと痛感した。

そして『百匹目の猿「思い」が世界を変える』は私のバイブルとなった。

製造部長として功績を評価され、平成十一年四月の株主総会で取締役に就任した。

平成十二年九月に経営企画担当部長就任。

「敗軍の将多くを語らず」の心境、私の成すべきことを全力で果たした。事業環境の悪化、人員整理等の実施。取締役を平成十四年一月三十一日に辞任する。

三十二年間在籍した会社での、私の経歴をまとめる。
昭和四十五年一月　当社入社

昭和五十四年四月　経理係長
昭和六十二年四月　経理課長昇進
平成二年四月　経理部長心得に昇進
平成四年四月　経理部長に昇進
平成九年五月　製造部部長
平成十年五月　不二山電子ビジネス取締役就任
平成十一年四月　不二山電子株式会社取締役就任
平成十二年九月　当社経営企画担当部長就任
平成十四年一月末付け、健康上の理由により取締役を辞任する。

平成十四年二月、走り続けた人生に一つの区切りができたことで、妻にプレゼントの意味を込めて一週間のイタリア旅行のツアーに参加した。成田のターミナルで近所の後藤さん親子とバッタリ会った。同じツアーとのこと、不思議な巡り合わせ、語学が堪能な娘さんに通訳してもらい楽しい旅行ができた。
（二月二日満五十四歳）

新たな職場で、有言実行

平成十四年三月一日、株式会社山善青果に入社する。

再就職の切っ掛けは元不二山電子㈱の監査役の紹介で、急遽欠員があるので推薦するからとお話を頂いた。株式会社山善青果は仲卸青果業界では上位の地位を占める。

各事業部の環境は、独自の社風が色濃く残っている。勤務場所は関東中央卸売市場にある横浜事業部で、業務課長として採用された。入社当日、青果市場の関係で早朝四時に初出勤。以前の製造会社との環境の違いに戸惑った。

最初の上司は、新任の反町事業部長だった。この事業部長も、ほぼ同じ時期ぐらいに目黒市場から異動になったと聞かされた。

新任の事業部長より古参の湯山課長が営業の実権を握っていた。湯山課長は合併前の三田青果の出身。この関東中央卸売市場は地元で、青果市場内では名が通っていた。営業社員は三田青果の出身が大半で、新任の目黒市場から来た反町事業部長より、湯山課長の指示を仰ぐといった状況だった。当然のこと、組織としては二分してぎくしゃくし、統率されているとはいえない環境だった。

業績は各事業部と比較すると、いつも最下位の成績で推移していた。モラルも指揮命令系統も決して良いとは言えない状況で、本社の経理部長や監査役が定期的に視察に来る有様だった。

そして反町事業部長を中心に、本格的に営業展開するために人事異動が行われた。平成十四年七月に、湯山課長は本社営業部に将来を嘱望されて異動となった反町事業部長は叩き上げの現場主義で、荷捌き等の指揮段取りには長けているが、事務的な管理業務に関しては全く不得手という上司だった。社長主催の事業部長会議では、業績はいつも最下位で「予実分析資料もまともに報告できない管理体制が問題だ」と酷評された。今日も事業部長会議で社長から槍玉に挙げられたと聞かされた。

平成十四年七月に、横浜事業部の社員全員が本社会議室に召集された。午後三時、浅野会長が、「横浜事業部は有象無象の集団と言われている。横浜事業部に異動といえば左遷されたと一般社員は理解する状況だ。ここにいる社員は悔しくないのか、奮起してもらいたい」と訓示された。予想していた話であった。

数日後、浅野会長の話されたことをまとめた議事録と入社して数カ月の私の感想を、会長宛てにメールした。私の率直な感想は、モラル、士気について会長が危惧していることと同じだったと思う。そして参考資料も添付した。

その資料とは、船井幸雄の著書『百匹目の猿「思い」が世界を変える』で紹介された現象の抜粋である。内容は宮崎県の幸島に住む野生の猿が海水で芋を洗い、それを見て他の猿がまねをする話だ。どこかで誰かが何かいいことを始めると、それは集団内で必ずまねされる。そのまねが一定のパーセンテージに達すると遠く離れたところでも、そのような現象が始まるのだ。

誰かが始めなければならない。良いと思うことを一刻も早く始めることだ。この内容を実践することが私のやるべきことだと伝えたかった。

そして、有言実行で横浜事業部を再生するのが私の使命と書いてメールした。この率直な感想は新参者がこざかしいと思われた節があり、会長の機嫌を損ねたと思われ、メールの返事はなかった。

しかし、八年後の平成二十二年に浅野会長からメールが届き、平成十四年のメールはしっかり見て保管してあると言われた。

横浜事業部の業績、モラル、士気共に上がり、成果を認めてくれた証だと理解して、胸のつかえが取れた。人生は面白い。

私は入社三カ月頃には独自の予算管理システムの構築に着手していた。課題は山積しているが、過去の経理・製造の経験を生かすことで改革の道は開けると信じていた。

事業部長のなすべきことは強いリーダーシップ。予算管理における権限と責任を明確にして社員のやる気を起こさせる成果主義。予算達成の達成感を社員が享受すれば社内風土は好転する。そして社員のモラルの向上につながり横浜事業部は再生するはずだ。私は事業部の裏方に徹した。

入社して半年間で独自の予算管理システムを構築した。日次、月次、半期、年度の損益管理等の管理体系ができたことで、営業担当者の責任と権限も明確になった。営業マンの意識改革によって士気も上がり、そして月に一回の営業会議が週一回に変わった。

管理スキルの向上で競争心が生まれ、生産性向上につながった。やればできる。絶対できる。横浜事業部が生まれ変わった。

業務課のモラル向上の一環として、朝礼と挨拶を実施する。
・おはようございます。
・ありがとうございます。
・いらっしゃいませ。
・お先にどうぞ。
・お先に失礼します。
単純なことからモラルの向上を図った。

平成十四年九月には着実に営業利益を出せる事業部に改善し、年度予算書ができたことで予実分析資料等の資料も不備もなく対応するようになった。そして毎月の本社での事業部長会議で反町事業部長は社長から叱責されることはなくなった。

平成十五年度の予算書（案）提出は、独自のランプランによる経理システムでできている。数十ページに及ぶ一元管理資料になっている。さすがにこの予算書を見て営業企画は驚いた。反町事業部長と横浜事業部の評価が変わったと確信した。

そして反町事業部長は当初の業務改善に貢献して、平成十六年三月に目黒市場に異動になった。私の構想の初段階はクリアしたと思った。

平成十六年四月一日に、森崎事業部長が着任。週一の定例会議、日々の利益管理、モラル、士気共に改善された。営業利益も予算を達成。業績向上と予算統制を高く評価された。

森崎事業部長は岩手、青森の新規開拓のため異動。以前、横浜から異動した湯山課長が後任候補となった。平成十八年から研修を兼ねて引き継ぎを実施した。そして森崎事業部長は平成十九年三月に本社に栄転し、執行役員になった。

森崎事業部長が最後に、「松尾さんから教わった管理手法は大変勉強になった」と言ってくれた。


平成十九年四月に、後任の湯山課長が事業部長に昇格した。その後、湯山事業部長は横浜事業部の予実管理の手法を本社営業部、立川事業部、神戸営業所に取り入れることに尽力してくれた。平成二十五年三月に執行役員に就任して、本社勤務となった。

平成二十四年一月に社長主催の事業部会が開催され、横浜の予算管理体系の発表を指名された。独自の日足管理システム管理は、後に営業企画に取り入れ実施された。

平成二十五年四月に藤沢事業部から異動してきた新任の丸山課長を補佐して、平成二十六年四月には事業部長に育て上げることができたと自負する。

平成二十六年十月一日、本社が関東中央卸売市場に移転することが決まっていた。この変革時期に合わせて私の業務引き継ぎを順次進めていった。この決断は「退き際が大事、長きは無用」が私の信条として二十代の頃から人生の師として仰いだ藤田専務の教えにほかならない。

自分の天職は上司を育て上げることだ！

今までの経験は無駄ではない。

偉くなることではなく、人を育て上げる才覚は誰にも負けない！

残された人生に悔いを残さないために。

やれることはすべてやった満足感。

株式会社山善青果には未練はない。

そして平成二十六年九月三十日付けで退職した（勤続十二年六カ月、六十六歳）。

旅、健康、愛猫、友、趣味他

その六年前、平成二十年一月二日で無事に還暦を迎え、父の年齢を超えることができた。思い起こせば妻との国内旅行といえば四十年前の新婚旅行が最初で最後だった。子供たちも独り立ちしたことで、この日を機に、妻と国内旅行の旅を計画した。

御朱印帳、思い出帳を手に、数年かけて全国を旅行することができた。妻との思い出作りの旅！

今まで知らなかった日本の良さを再認識した。これこそ、仕事も家庭も充実した六年間に感謝する。

平成二十七年七月五日、妻テルミが満六十五歳にして健康を害して入院した。

結婚四十四年間の心労が一気に来たと思われる。健康が当たり前と思っていただけに、ショックは大きかった。

入院中は毎日欠かさず見舞うことができた。妻の有難さが身に染みた四カ月だった。

退院後も全快には時間がかかりそうだが、妻との二人三脚でこれからも苦楽を共に歩いていこう。

ある日、首輪を付けた黒猫が我が家のブロック塀の上を歩いていた。妻を見て、ツンとすまして去っていった。数日後、庭先に再び同じ猫が来て、妻が牛乳を縁側に置くと美味しそうになめている。妻は勝手に「クーちゃん」と名付けた。そして毎日来るクーちゃんを楽しみにしていたが、半年後にはパッタリ来なくなった。風の便りで、飼い主が引っ越したと聞かされた。近所で黒猫を見かけるとつい「クーウちゃん」と呼ぶ癖がついた。

一年後、私は自宅から一キロ離れた路地で一匹の黒猫を見かけた。思わず「クーウちゃん」と呼んでみた。じっと、こっちを見ている。もしかしたら……。この出来事を妻に話したら驚いていた。

そして数日後、我が家のブロック塀を歩いている黒猫を見かけた。妻は思わず「クーちゃん！」と叫んだ。そして皿に牛乳を入れて縁側に置くと、黒猫は美味しそうになめていた。やっぱり「クーちゃんだ！」と、妻は確信した。首輪は無くなっていて、おそらく捨てられたのだろう。

それからは我が家に居つくようになった。

ある時、クーちゃんが生まれて間もない死んだ猫をくわえて見せに来た。妻はクーちゃんが私たちに心を許したのだと感じた。妻は庭に小さな穴を掘って埋めてあげ、それを見たクーちゃんは安心したようにその場を去っていった。

その後、高齢のクーちゃんは病気がちになり、一日中縁側で寝ていることが多くなった。妻は献身的に面倒をみていた。私の出勤時にはどこからともなく現れて見送ってくれる律儀な猫だった。

平成二十五年八月四日に、私たちに見守られてクーちゃんは死んだ（推定十三歳の雌猫）。私たちにとって家族同様になっていただけにショックが大きかった。心の隙間を埋めるのに時間がかかった私は、いつまでも忘れないようにとの思いで、クーちゃんが歩いていたブロック塀に、等身大の野原で遊んでいる「クーちゃんの絵」をペンキで描いてあげた。

高校時代の友人の加藤正夫君とは今でも親交が続いている。高校卒業後は音信不通の時期が永く続いたが六十歳の同窓会を機に、年に一回ぐらい近況報告を兼ねて会うようになった。

二人の思い出は、高二の時、川崎のスケート場からの帰り道のこと。加藤君の運転するバイクの後ろに、右手にスケート靴、左手でバイクにしがみつきながら私は乗っていた。後方から乗用車が急に割り込んできたので加藤君はとっさに急ブレーキを掛けた。バイクは滑り込むように転倒した。後ろに乗っていた私は、勢い余って空中に投げ出された。この時、時間は時計が止まったようにゆっくり流れた。これで自分は死ぬのかなーと、一瞬思った。

私の体は五メートル以上飛ばされた。我に返った時は前方に市営バスがあり、運が悪ければそのバスにひかれるところだった。そう思うと恐怖を感じた。幸いにも、お互い擦り傷程度で大事には至らなかった。

加藤君とはこの事故以来、親しくなった。今でも五十年以上前の事故のことは、二人の笑い話になっている。

今では会う回数も増えて、趣味のカメラ談義をしながら美味しい酒を酌み交わし、時の経つのも忘れてしまう。大切な無二の親友と言えるだろう。

平成二十七年四月一日、地域に貢献できる仕事として公民館の夜間のスタッフに応募し、採用された。

地域の人と接する機会がなかっただけに、初めて言葉を交わす近所の保護者、子供たちの会話に戸惑ったが新鮮な感じを受けた。

妻の病気も含め、改めて自分を見つめる機会となった。

人生観が変わった。

そして、妻との会話を大切に、一日一笑を心がけるようになった。

妻の病気は、徐々に回復に向かっていった。


平成二十九年七月に子猫が来た。名前はガルバンゾ（ひよこ豆）。息子が付けた名前だ。息子の留守をする時だけ預かってほしいという約束だったが、いつのまにか、我が家の居候となった。クーちゃんが死んでから絶対猫は飼わないと言っていた妻だったが、今では大事な家族だ。

ガルバンゾ中心の我が家、平穏な日々。今にして思うと妻の病気を気遣う息子のプレゼントだったのだろう。

結婚して五十年、私の病気の回数は十三回で、オリンピック並みねと妻が言う。四年に一回入院していたことになる。

妻は病名を数え始める。病歴は胃潰瘍、マロリーワイス、腸閉塞、脊椎管狭窄症、下肢静脈瘤、白内障、肺炎、下垂体腫瘍など。完治したものもあれば経過観察もある。よく生きていたと自分ながら感心する。

妻は、「お父さんという人は死神に見放されたので、恐らく死なないよ」と冗談を言う。

相模原公園のグリーンハウスで写真の展示会があったので見に行った。サークル活動には無縁だった私は、「一緒にやりませんか?」と声をかけられ、平成二十七年一月に日本報道写真連盟に入会した。

この写真クラブを通して新たな生きがいを見つけた。毎月の定例会で写真の奥深さを感じながら行動範囲は広がった。

毎日新聞に掲載された自分の写真を見つけて、

「お父さんの写真が出ていますよ!」

と妻の声。そして「ヤッター」と言う私。

趣味のカメラを通し出会った仲間によって、心が豊かになることを感じている。

私の人生で三つ目の幸運の髪をつかんだとすれば、妻・子供と孫に恵まれ、日々平凡な生活を送れることだ。そして、生前母が「私の人生は一つの小説になるよ」と、私に言った言葉を覚えている。この年にして母の思いを噛み締めながら、昭和・平成・令和の生きた証は『人生一遍』として書くことに繋がった。この自分史は母の思いを叶えるために私に書かせたものだと思う。

ありがとう。

母が生前に詠んだ歌
おいしみの　ふりむけば五十年　いばらふみしめ　平和もとめん
（老いし身の　振り向けば五十年　茨踏みしめ　平和求めん）
平成九年四月二十一日（満八十二歳）に亡くなった。

おわりに

この度、自分自身、想像もしていなかった、自分史を書籍化する機会を頂き、驚きと感謝の気持ちでいっぱいです。改めて株式会社文芸社 出版企画部 阿部俊孝様、編集部 高島三千子様に感謝を申し上げます。

「年老いて思い出のない人生は不幸である」

トルストイの名言。

遠い記憶の世界となった幼い頃の街並み、戦後の苦しい時代を生き抜いてきた親・兄弟、そして社会人となり我武者羅に働いた時代……。

思い起こせば団塊世代が経験した懐かしい時代として、少しでも共感して頂けたら幸いです。

令和四年一月吉日

松尾 敏行

著者プロフィール

松尾 敏行（まつお としゆき）

昭和23年1月生まれ、神奈川県川崎市出身
昭和47年3月、立正大学経済学部経済学科卒業
昭和51年3月、産業能率短期大学事務能力専攻学科卒業
現在は、趣味のカメラを友に暇つぶし

人生一遍

2022年4月15日　初版第1刷発行

著　者　松尾 敏行
発行者　瓜谷 綱延
発行所　株式会社文芸社
〒160-0022 東京都新宿区新宿1－10－1
電話 03-5369-3060（代表）
03-5369-2299（販売）

印刷所　株式会社フクイン

ISBN978-4-286-23551-6

郵便はがき

料金受取人払郵便

新宿局承認

3971

差出有効期間
2022年7月
31日まで
(切手不要)

1 6 0-8 7 9 1

1 4 1

東京都新宿区新宿1－10－1

(株)文芸社

愛読者カード係 行

お名前《ふりがな》			明治 大正 昭和 平成 年生 歳	
ご住所《ふりがな》	□□□-□□□□		性別 男・女	
お電話 番号	(書籍ご注文の際に必要です)	ご職業		
E-mail				
ご購読雑誌(複数可)		ご購読新聞 新聞		

最近読んでおもしろかった本や今後、とりあげてほしいテーマをお教えください。

ご自分の研究成果や経験、お考え等を出版してみたいというお気持ちはありますか。

ある　ない　内容・テーマ(　　)

現在完成した作品をお持ちですか。

ある　ない　ジャンル・原稿量(　　)

書　名				
お買上 書　店	都道 府県	市区 郡	書店名	書店
			ご購入日	年　月　日

本書をどこでお知りになりましたか?

1.書店店頭　2.知人にすすめられて　3.インターネット(サイト名　　　　)

4.DMハガキ　5.広告、記事を見て(新聞、雑誌名　　　　)

上の質問に関連して、ご購入の決め手となったのは?

1.タイトル　2.著者　3.内容　4.カバーデザイン　5.帯

その他ご自由にお書きください。

(　　　　)

本書についてのご意見、ご感想をお聞かせください。

①内容について

②カバー、タイトル、帯について

弊社Webサイトからもご意見、ご感想をお寄せいただけます。

ご協力ありがとうございました。

※お寄せいただいたご意見、ご感想は新聞広告等で匿名にて使わせていただくことがあります。

※お客様の個人情報は、小社からの連絡のみに使用します。社外に提供することは一切ありません。